Le pirate masqué

Premières lectures

> *** Je commence à lire tout seul.**
> Une vraie intrigue, en peu de mots, pour accompagner les balbutiements en lecture.

** Je lis tout seul.
Une intrigue découpée en chapitres pour pouvoir faire des pauses dans un texte plus long.

*** Je suis fier de lire.
De vrais petits romans, nourris de vocabulaire et de structures langagières plus élaborées.

Olivier Chapuis est écrivain, scénariste et dramaturge. En regardant jouer ses trois enfants, il a inventé *Dragons et Merveilles*. Pour eux bien sûr, mais aussi pour tous les enfants qui aiment la magie, les amis et les aventures extraordinaires!

Vincent Bergier passe son enfance à dessiner Lucky Luke. Bien plus tard, il crée un fanzine de bandes dessinées. Depuis, il illustre des livres pour les enfants. C'est ainsi qu'il a rencontré *Dragons et Merveilles*.

Responsable de la collection :
Anne-Sophie Dreyfus
Direction artistique, création graphique
et réalisation : DOUBLE, Paris
© Hatier, 2013, Paris
ISBN : 978-2-218-97050-4
ISSN : 2100-2843
Tous droits de reproduction
et d'adaptation réservés pour tous pays.
Loi n° 49956 du 16 juillet 1949 sur
les publications destinées à la jeunesse.

Hatier s'engage pour l'environnement en réduisant l'empreinte carbone de ses livres. Celle de cet exemplaire est de :
150 g éq. CO_2
Rendez-vous sur
www.hatier-durable.fr

Achevé d'imprimer par Clerc à Saint-Amand-Montrond - France
Dépôt légal : n°97050-4/03 - décembre 2015

Dragons et Merveilles

Le pirate masqué

écrit par Olivier Chapuis
illustré par Vincent Bergier

HATIER POCHE

Qui pleure si fort au château de Gaspard ?

Ce sont les pauvres villageois.
«Les pirates arrivent!
Sauvez-nous!», supplient-ils.

Aussitôt sur la plage, le trio découvre un horrible spectacle.

Le pirate masqué et son féroce équipage!

« C'est ça le célèbre trio magique ? Pfff... Ridicule ! », provoque le capitaine pirate.

Gaspard tout rouge sort son épée.

Théo tout bleu lève sa baguette.

Verte de rage, Léna arrache le masque du capitaine pirate.

Quelle surprise ! Une fille !
Une fille pirate !

Tout à coup, Gaspard se sent très bizarre...

Alors Léna lui donne un coup sur le casque.

Théo la retient de toutes ses forces.

«Stop! crie la fille pirate.
Et si nous devenions amis?»

jeu

Les sept différences
Trouve sept différences entre les deux images!

Hatier Poche

POUR DÉCOUVRIR :

> **des fiches pédagogiques** élaborées par les enseignants qui ont testé les livres dans leur classe,
> **des jeux** pour les malins et les curieux,
> **les vidéos** des auteurs qui racontent leur histoire,

rendez-vous sur

www.hatierpoche.com

Solution du jeu